Chronique d'une mort annoncée

FichesdeLecture.com

Chronique d'une mort annoncée (Fiche de lecture)

I. BIOGRAPHIE

Gabriel Garcia Marquez naît le 6 mars 1928 dans une petite ville de Colombie. Ses parents sont plutôt pauvres, mais il sera surtout d'abord élevé par ses grands-parents. Il obtiendra son baccalauréat en 46. En 47 il est à l'université de Bogota où il poursuit des études de droit, mais il collabore surtout à plusieurs journaux. Il abandonne ses études, au grand désespoir de son père, et se consacre à l'écriture et au journalisme. Il découvre des auteurs comme Faulkner, Hemingway, Joyce, Kafka et Virginia Woolf. En 1955, il publie « Des feuilles dans la bourrasque » En 55 il voyage en Europe : Genève, Rome puis Paris. En 1958 il visite l'Europe de l'Est : l'Allemagne, la Hongrie et l'Union soviétique. Sur le chemin du retour, il passe à nouveau par Paris, puis Londres et Caracas. Rentré en Colombie il se marie et soutien la révolution cubaine. Il travaille à La Havane et à New York avant d'aller s'installer au Mexique où il écrit pour le cinéma. En 1962 il publie « Les funérailles de la Grande Mémé » et « Cent ans de solitude » en 1965. Il vit alors de 68 à 75 à Barcelone et soutient les mouvements révolutionnaires d'Amérique Latine. Il fonde le mouvement « Habeas » en faveur des prisonniers politiques de cette région. « Chronique d'une mort annoncée » sort en 1981 et est vendu à plus de deux millions d'exemplaires ! Il obtient le Prix Nobel en 82 et publie « L'amour au temps du choléra » en 86. En 2002 il publie le premier tome de ses mémoires « Vivre pour le raconter »

II. RÉSUMÉ

La première phrase est tout ce qu'il y a de plus claire : « Le jour où il allait être abattu, Santiago Nasar s'était levé à cinq heures et demie du matin »

Voilà, nous savons vers quoi nous allons !... Le héros va mourir ! Une jeune femme a perdu sa virginité et cela a été découvert le jour de ses noces. Elle avoue, sans grande conviction, que c'est avec Santiago Nasar qu'elle l'a perdue... Le mari est des plus marri !... Que reste-t-il à faire aux deux frères de la jeune femme pour venger leur honneur, si ce n'est tuer Santiago ?... Cela ne devrait pas poser un gros problème vu qu'ils sont tueurs aux abattoirs. Et voilà les deux hommes qui ne cachent nullement leurs intentions, qui font du bruit partout sur leur chemin de façon à ce que tout le village soit bien au courant. Personne ne fera rien pour arrêter ce meurtre... Plus tard, devant leurs juges, les deux frères diront que l'honneur les a obligés à faire cela, et que, si c'est pour l'honneur, ils sont innocents devant Dieu comme devant les hommes.

III. LE CONTEXTE

Santiago Nasar est le jeune homme le plus riche du village. En outre, il est beau. Les frères croient donc ce que dit leur sœur et ne se sentent même pas obligés de vérifier ses dires. Nous sommes dans un pays latin, on y a donc le sang chaud surtout quand il s'agit d'honneur. Tout le village sait ce qui se trame, sauf Santiago.

IV. LE STYLE

Cette histoire est présentée comme une véritable tragédie grecque. Dans ces tragédies aussi le public connaissait la fin. Ici aussi il y a unité de lieu et unité de temps. La langue de Garcia Marquez est des plus efficaces et il arrive à nous garder en haleine alors que nous savons tout ce qui va se passer. Qu'importe ce qu'il nous dit qui pourrait changer les choses, nous savons que Santiago va mourir. Il faut être un grand auteur pour se permettre ce qu'il a osé en dévoilant tout d'emblée !...

V. LES IDÉES

Ici aussi nous sommes un peu comme dans les tragédies grecques. Quoiqu'il arrive, le dénouement ne changera pas ! Chez les Grecs, ce sont les dieux qui tirent les ficelles, ici Garcia Marquez a remplacé les dieux par le hasard ou plutôt le destin. Jamais ces deux hommes n'auraient pu réussir et l'on va d'ailleurs bien souvent se demander s'ils ne font pas tout pour que cela échoue, pour que quelqu'un les arrête. Mais rien n'y fera. Le destin doit s'accomplir !...

Dans la même collection en numérique

Les Misérables
Le messager d'Athènes
Candide
L'Etranger
Rhinocéros
Antigone
Le père Goriot
La Peste
Balzac et la petite tailleuse chinoise
Le Roi Arthur
L'Avare
Pierre et Jean
L'Homme qui a séduit le soleil
Alcools
L'Affaire Caïus
La gloire de mon père
L'Ordinatueur
Le médecin malgré lui
La rivière à l'envers - Tomek
Le Journal d'Anne Frank
Le monde perdu
Le royaume de Kensuké
Un Sac De Billes
Baby-sitter blues
Le fantôme de maître Guillemin
Trois contes
Kamo, l'agence Babel
Le Garçon en pyjama rayé
Les Contemplations

Escadrille 80
Inconnu à cette adresse
La controverse de Valladolid
Les Vilains petits canards
Une partie de campagne
Cahier d'un retour au pays natal
Dora Bruder
L'Enfant et la rivière
Moderato Cantabile
Alice au pays des merveilles
Le faucon déniché
Une vie
Chronique des Indiens Guayaki
Je voudrais que quelqu'un m'attende quelque part
La nuit de Valognes
Œdipe
Disparition Programmée
Education européenne
L'auberge rouge
L'Illiade
Le voyage de Monsieur Perrichon
Lucrèce Borgia
Paul et Virginie
Ursule Mirouët
Discours sur les fondements de l'inégalité
L'adversaire
La petite Fadette
La prochaine fois
Le blé en herbe
Le Mystère de la Chambre Jaune
Les Hauts des Hurlevent
Les perses
Mondo et autres histoires
Vingt mille lieues sous les mers
99 francs
Arria Marcella
Chante Luna

Emile, ou de l'éducation
Histoires extraordinaires
L'homme invisible
La bibliothécaire
La cicatrice
La croix des pauvres
La fille du capitaine
Le Crime de l'Orient-Express
Le Faucon malté
Le hussard sur le toit
Le Livre dont vous êtes la victime
Les cinq écus de Bretagne
No pasarán, le jeu
Quand j'avais cinq ans je m'ai tué
Si tu veux être mon amie
Tristan et Iseult
Une bouteille dans la mer de Gaza
Cent ans de solitude
Contes à l'envers
Contes et nouvelles en vers
Dalva
Jean de Florette
L'homme qui voulait être heureux
L'île mystérieuse
La Dame aux camélias
La petite sirène
La planète des singes
La Religieuse
1984 A l'Ouest rien de nouveau
Aliocha
Andromaque
Au bonheur des dames
Bel ami
Bérénice
Caligula
Cannibale
Carmen

Chronique d'une mort annoncée
Contes des frères Grimm
Cyrano de Bergerac
Des souris et des hommes
Deux ans de vacances
Dom Juan
Electre
En attendant Godot
Enfance
Eugénie Grandet
Fahrenheit 451
Fin de partie
Frankenstein
Gargantua
Germinal
Hamlet
Horace
Huis Clos
Jacques le fataliste
Jane Eyre
Knock
L'homme qui rit
La Bête humaine
La Cantatrice Chauve
La chartreuse de Parme
La cousine Bette
La Curée
La Farce de Maitre Pathelin
La ferme des animaux
La guerre de Troie n'aura pas lieu
La leçon
La Machine Infernale
La métamorphose
La mort du roi Tsongor
La nuit des temps
La nuit du renard
La Parure

La peau de chagrin
La Petite Fille de Monsieur Linh
La Photo qui tue
La Plage d'Ostende
La princesse de Clèves
La promesse de l'aube
La Vénus d'Ille
La vie devant soi
L'alchimiste
L'Amant
L'Ami retrouvé
L'appel de la forêt
L'assassin habite au 21
L'assommoir
L'attentat
L'attrape-coeurs
Le Bal
Le Barbier de Séville
Le Bourgeois Gentilhomme
Le Capitaine Fracasse
Le chat noir
Le chien des Baskerville
Le Cid
Le Colonel Chabert
Le Comte de Monte-Cristo
Le dernier jour d'un condamné
Le diable au corps
Le Grand Meaulnes
Le Grand Troupeau
Le Horla
Le jeu de l'amour et du hasard
Le Joueur d'échecs
Le Lion
Le liseur
Le malade imaginaire
Le Mariage de Figaro
Le meilleur des mondes

Le Monde comme il va
Le Parfum
Le Passeur
Le Petit Prince
Le pianiste
Le Prince
Le Roman de la momie
Le Roman de Renart
Le Rouge et le Noir
Le Soleil des Scortas
Le Tartuffe
Le vieux qui lisait des romans d'amour
L'Ecole des Femmes
L'Ecume Des Jours
Les Bonnes
Les Caprices de Marianne
Les cerfs-volants de Kaboul
Les contes de la Bécasse
Les dix petits nègres
Les femmes savantes
Les fourberies de Scapin
Les Justes
Les Lettres Persanes
Les liaisons dangereuses
Les Métamorphoses
Les Mouches
Les Trois mousquetaires
L'étrange cas du Dr Jekyll et de Mr Hyde
L'Ile Au Trésor
L'île des esclaves
L'illusion comique
L'Ingénu
L'Odyssée
L'Ombre du vent
Lorenzaccio
Madame Bovary
Manon Lescaut

Micromégas
Mon ami Frédéric
Mon bel oranger
Nana
Ne tirez pas sur l'oiseau moqueur
Notre-Dame de Paris
Oliver twist
On ne badine pas avec l'amour
Oscar et la dame rose
Pantagruel
Le Misanthrope
Perceval ou le conte du Graal
Phèdre
Ravage
Roméo et Juliette
Ruy Blas
Sa Majesté des Mouches
Si c'est un homme
Stupeur et tremblements
Supplément au voyage de Bougainville
Tanguy
Thérèse Desqueyroux
Thérèse Raquin
Ubu Roi
Un Barrage contre le Pacifique
Un long dimanche de fiançailles
Un secret
Vendredi ou la vie sauvage
Vipère au poing
Voyage au bout de la nuit
Voyage au centre de la terre
Yvain ou le Chevalier au lion
Zadig

À propos de la collection

La série FichesdeLecture.com offre des contenus éducatifs aux étudiants et aux professeurs tels que : des résumés, des analyses littéraires, des questionnaires et des commentaires sur la littérature moderne et classique. Nos documents sont prévus comme des compléments à la lecture des oeuvres originales et aide les étudiants à comprendre la littérature.

Fondé en 2001, notre site FichesdeLectures.com s'est développé très rapidement et propose désormais plus de 2500 documents directement téléchargeables en ligne, devenant ainsi le premier site d'analyses littéraires en ligne de langue française.

FichesdeLecture est partenaire du Ministère de l'Education du Luxembourg depuis 2009.

Plus d'informations sur www.fichesdelecture.com

www.fichesdelecture.com

ISBN: 978-2-511-02811-7

Notes :

www.ingramcontent.com/pod-product-compliance
Lightning Source LLC
La Vergne TN
LVHW011710230826
846092LV00010BA/1232

9782511028117